曹全碑

（一）
笔法笔画

王丙申 编著

隶書入門

隶書入門

海峡出版发行集团
福建美术出版社

1+**1**

图书在版编目（CIP）数据

隶书入门 1+1·曹全碑．1，笔法笔画 / 王丙申编著
． -- 福州 ： 福建美术出版社，2022.1
ISBN 978-7-5393-4317-4

Ⅰ．①隶… Ⅱ．①王… Ⅲ．①隶书－书法－教材
Ⅳ．① J292.113.2

中国版本图书馆 CIP 数据核字（2022）第 001662 号

出 版 人：郭　武
责任编辑：李　煜

隶书入门 1+1·曹全碑·（一）笔法笔画

王丙申　编著

出版发行：福建美术出版社
社　　址：福州市东水路 76 号 16 层
邮　　编：350001
网　　址：http://www.fjmscbs.cn
服务热线：0591-87669853（发行部）　　87533718（总编办）
经　　销：福建新华发行（集团）有限责任公司
印　　刷：福建新华联合印务集团有限公司
开　　本：889 毫米 ×1194 毫米　1/16
印　　张：10
版　　次：2022 年 1 月第 1 版
印　　次：2022 年 1 月第 1 次印刷
书　　号：ISBN 978-7-5393-4317-4
定　　价：76.00 元（全四册）

历来提笔修习书法都要从最基础的笔画学起。古人云："一点成一字之规，一字乃终篇之准。"说明点画是书写的根本。笔法是用笔的根本方法，也是学习书法的精髓，故称"用笔"。用笔就是笔画书写的法则和规律，包括起笔、行笔、收笔等几个步骤。那么，我们应该如何熟练正确地掌握笔法呢？首先，我们要认真观察每个笔画的大小、长短、粗细、轻重和角度等；然后，要分析其用笔、行笔是中锋还是侧锋，行笔速度是快是慢等问题；最后，根据要求运用正确的笔法进行书写。欧阳询的《用笔论》曰："夫用笔之体会，须钩粘才把，缓绁徐收，梯不虚发，斫必有由。"其意思正是讲用笔的体会，执笔必须双钩紧贴，刚好把握，缓缓地引笔，慢慢地收锋，要有所依托来由，不可随便动笔，下笔入纸开始书写必须以古法为依据准则。

起笔又称落笔、下笔，是用笔的起始，是笔锋接触纸面的开始。收笔是完成一个字笔锋离开纸面的动作。运笔则是指从起笔到收笔中间的行笔过程。

用笔时运用手腕运转毛笔，要熟练掌握就要弄清楚指、腕、臂的作用及其相互关系。一般来讲，手指主要作用于执笔，腕和臂的作用在于运笔。至于运腕、运臂的幅度大小，则是根据字的大小来决定。字愈小者，运腕的幅度愈小。字愈大者，运腕、运臂的幅度则愈大。正如清人蒋和所说："运用之法，小字运指，中字运腕，大字运肘。"指、腕、臂三者之间要相互协调配合共同完成书写过程，缺一不可。

运笔主要是表现笔画的形态和精神，讲求起驻、使转、斜正、顿挫、方圆、快慢、虚实、长短、粗细等等。

如何正确地掌握笔法

1. 粗与细

南北朝王僧虔在《笔意赞》中曾说："粗不为重，细不为轻。"意思是，笔画粗，不一定就是凝重；笔画细，不一定就是轻飘。笔画的粗细在书写过程中，应根据字的特征产生不同的变化，不可单为追求笔画的粗细而刻意为之，否则反而有失协调。笔画细则要求劲健、挺拔、险绝。笔画粗是为追求笔画的丰满、雄强、含蓄。

2. 转笔与折笔

笔锋回旋，写出浑圆的笔画，称转笔（又称圆笔）。圆笔棱角不明显，或没有棱角，给人一种古朴深沉、锋芒内敛、雄浑含蓄之美，起笔多以藏锋。

笔锋曲折，提按带出棱角的笔画，称作折笔（又称方笔）。方笔有棱角，其棱角主要表现在起笔、收笔和转折之处，体现了一种刚劲挺拔、端庄规范的险绝之美，起笔多以露锋。

《曹全碑》的用笔结合了小篆笔法，以圆笔为主，方圆兼备、刚柔相济。其用笔圆融舒展、秀逸多姿，体现了隶书用笔的丰富变化。

3. 提和按

用笔关键在于"提"和"按"。"提"的作用是使笔锋接触纸面由多变少，笔画由粗变细、由重到轻。提起笔锋用力要均衡，不宜过快，否则笔画粗细将不均匀。"按"是指将笔锋用力向下按压的运笔过程，使笔锋接触纸面由少到多、由轻到重。按笔用力要均而稳，不可用力边猛或过快，否则就是会出现"墨猪"般的败笔。

4. 中锋和偏锋

中锋又称正锋，是指书写时笔锋在点画中间运行，笔画圆润饱满。偏锋又称侧锋，是指书写时笔锋在点画一侧运行，笔尖一侧的笔画光洁润滑，笔腹的一侧枯燥滞涩。通常我们写一个点画时，起笔多用侧锋，行笔一般用中锋，两种笔法相互交叉使用，让笔法更有变化。

【竖点】

藏锋起笔稍顿，即转中锋向下行笔，渐渐至末端驻锋收笔。

藏锋起笔

收笔略轻

【横点】

汉隶中有"以横代点的写法"，字头点形同横画。逆锋起笔稍顿，向右中锋行笔，行至末端缓缓驻锋收笔，或回锋收笔。

重 轻

平直

【挑点】

藏锋起笔稍顿，转笔锋向右上行笔，边行边提笔出锋。

不可太尖

饱满

【撇点】

藏锋起笔，向右下稍顿，转笔锋向左下方行笔，由重到轻，缓缓提笔出锋。

由重到轻

出锋不可太尖

向左下方斜行笔

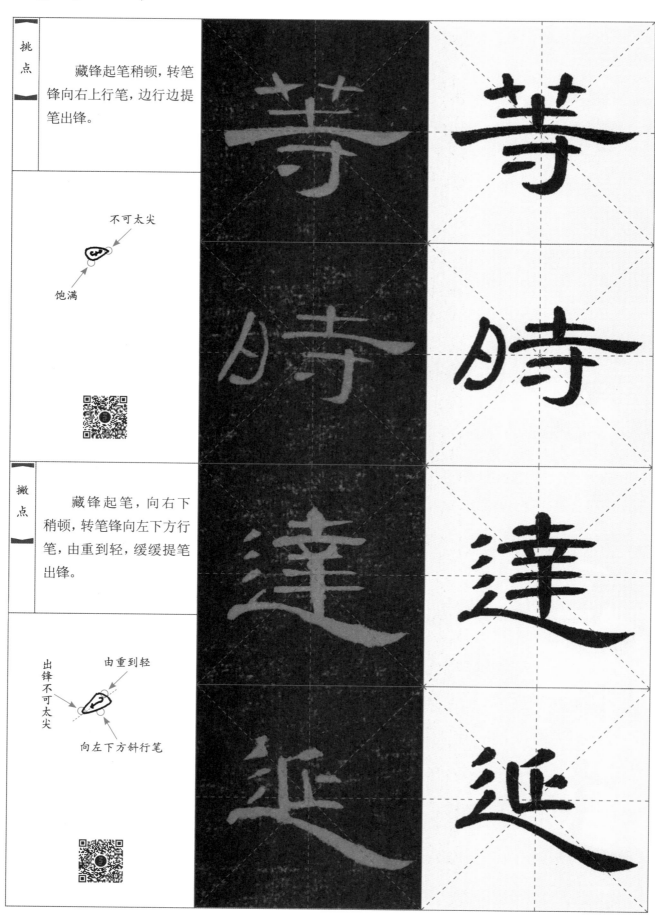

【撇折点】

逆锋起笔稍顿，向左下行笔，至折处转锋继而向右中锋行笔，轻起轻收，折处似圆似方。

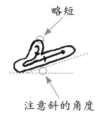

略短

注意斜的角度

【横折点】

逆锋起笔稍顿，向右中锋行笔，至折处直接转向下行笔，折处圆转；或至折处轻提笔，继而向左下中锋行笔，收笔略轻。

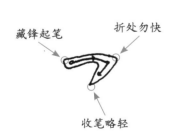

藏锋起笔　折处勿快

收笔略轻

| 直横 一 | 藏锋起笔稍顿，转向右中锋行笔，收笔直接出锋或回锋收笔，重起轻收，要求形态平直。 |

藏锋起笔　　露锋收笔

平直勿粗

| 曲横 一 | 笔法大致与直横相同，逆锋起笔稍顿，向右中锋行笔，行至末端轻提收笔。区别在于两端略下垂，中部向上凸起呈拱形，笔画充满张力。 |

重　　　轻

呈弧形

【方头长横】

藏锋逆入起笔稍顿，起笔方折，向右中锋行笔，行至末端向右上出锋上挑。要求两头粗，中间细，横画中段微向上凸。

向右上方提笔出锋

方

粗　细　粗

【圆头长横】

逆锋起笔稍顿，向右中锋行笔，中间呈弧形上凸，末段行笔加重，由重到轻，提笔出锋，呈上挑之势。

圆　出锋不可太尖

呈弧形

【曲头长横】

逆锋起笔向左下稍顿,形成蚕头;中锋往右行笔,中段向上呈拱形;行至末端加重,将波势向右上挑,由重到轻提笔收锋。

向右上方提笔出锋

注意弧度大小

【短横】

藏锋落笔稍顿,向右行笔,行至末端缓缓提笔,出锋勿尖,形态短而平直。

由重到轻

平直

【右尖横】

藏锋落笔稍顿，向右中锋行笔，行至末端渐行渐提。起笔略圆润，笔画由粗转细，出锋勿太尖。

藏锋起笔

尖

由重到轻

【垂露竖】

藏锋逆入起笔稍顿，即中锋垂直向下行笔，行至末端回锋收笔。隶书垂露竖起笔、收笔形态圆润。

藏锋起笔

垂直

回锋收笔

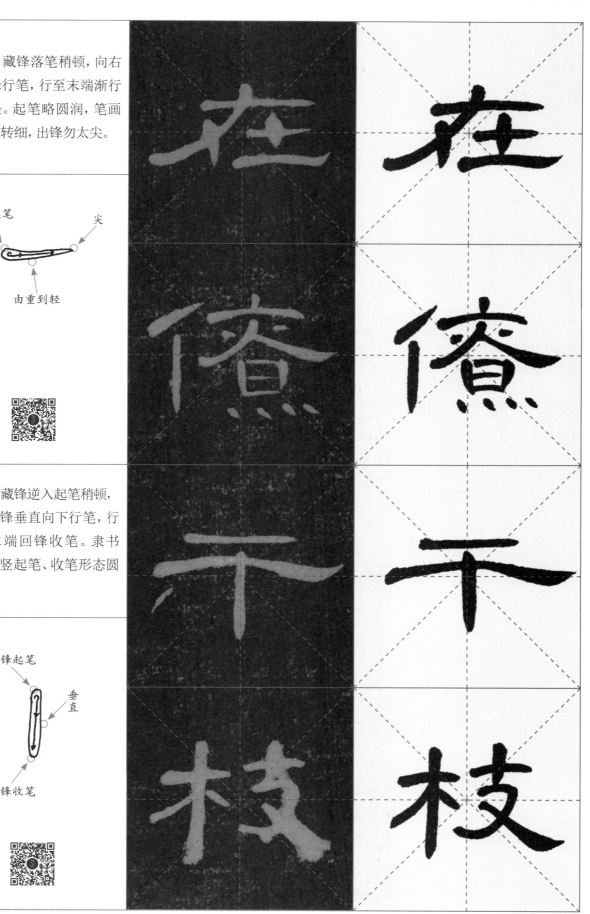

【悬针竖】

逆锋入笔，起头圆润稍顿，中锋垂直向下行笔，由重到轻，行至末端边行边提笔出锋。

藏锋起笔

垂直

尖

【弯尾竖】

逆锋入笔，起笔圆润稍顿，即向下中锋行笔，行至下半段向左弯出，笔势较平，收笔回锋、出锋均可。

收笔可藏锋，也可露锋

先直后弯

【左斜竖】

左斜竖写在字的右侧，露锋起笔稍顿，笔向左下缓缓行笔，由粗转细。

向左下方微斜

收笔勿重

【右斜竖】

藏锋起笔稍顿，向右下行笔，由粗转细，行至末端收笔即可。起笔方圆皆可，出锋不宜太尖。

由重到轻

向右下方微斜

山

廣

中

里

【尖头撇】

顺锋向左下轻入笔，边行边按，用笔由轻到重，行至末端回锋收笔。尖头圆尾，形态于不同的字中略有变化。

由轻到重

露锋起笔

回锋收笔

【短撇】

逆锋入笔，向右下稍顿，转向左下方行笔，由粗到细，出锋收笔即可。

形小勿大　　由重到轻

收笔不可太尖

仁 使 后 近

仁 使 后 近

【长撇】

逆锋入笔,往左下方斜行笔,行至末端稍顿,回锋收笔。此长撇明显区别于楷体,整体长而舒展。

直中有弯

自然流畅

【直撇】

顺锋轻入笔,向左下行笔,边行边按,行至末端回锋收笔,整体略直而纤细。

露锋起笔

形直勿弯

回锋收笔

弯尾撇

逆锋入笔稍顿，向下行笔，行至笔画中部，笔势向左下作大弧度弯曲，行至末端收笔长锋或露锋均可。

逆锋起笔

略重

史

歷

横撇

逆锋起笔，先向右行笔，由粗到细，行至折处轻提，而后向左下行笔，弯处弧度较大，行至末端回锋收笔，取势向左宜平稳。

横短

撇长

细

水

丞

斜捺

逆锋入笔，向右下方中锋行笔，边行边按，由轻渐重，行至波角处稍顿笔，再往右缓缓收笔出锋。

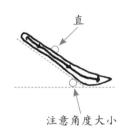

直

注意角度大小

平捺

藏锋起笔稍顿，向右上行笔，起笔处形如蚕头略拱起，再向右下方边行边按，加重行笔，行至波角处稍顿，缓缓提笔向右上方出锋。平捺整体取势略平坦。

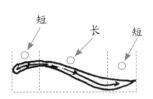

短　　长　　短

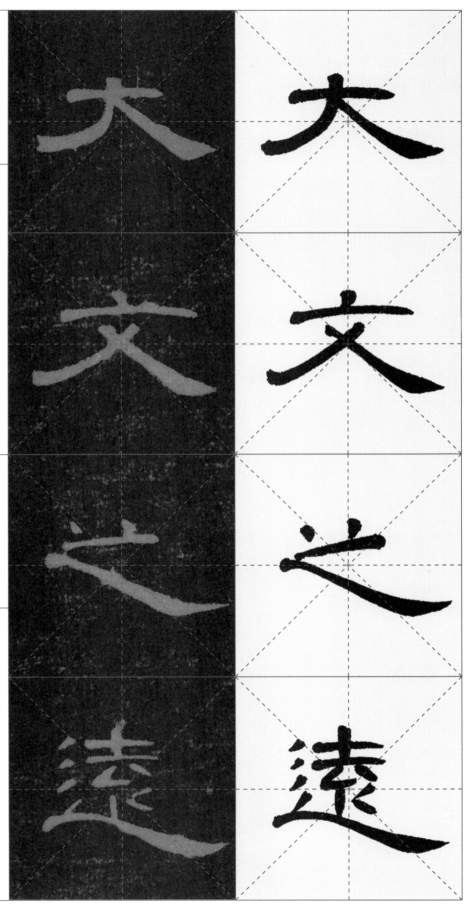

| 横钩 | 逆锋起笔稍顿，向右中锋行笔，行至折处向上轻提、稍顿，再向下提笔出锋。注意横画粗细匀整，出钩短促果决。 |

细

短小含蓄

| 斜钩 | 藏锋起笔，向右下方缓缓行笔，由轻渐加重，呈弧形，行至波角处再由重转轻，向右上方提笔出锋。其形态弯度较大，圆润自然。 |

由轻到重

重

【卧钩】

逆锋入笔，向右下方中锋行笔，由轻到重，行至末端稍顿，出波角渐转轻，缓缓提笔出锋。其形状微弯，斜度平缓。

藏锋起笔

不可太尖

志

心

【弯钩】

露锋起笔，向左下斜行笔，行至弯处向左伸展，可回锋收笔或出锋。其上段可直可弯，中段弯度较大，在不同字中变化丰富。

露锋起笔

向左伸展

自然流畅

李

學

【竖弯钩】

逆锋入笔，向下中锋行笔写竖，用笔较轻。行笔至弯转处，圆中带方，再向右下斜行笔，由轻到重，至末端向右上挑出。

垂直短小

伸展

【横斜钩】

逆锋入笔稍顿，向右写横，形态微拱略细，行至折处轻提，再顿笔向右下中锋行笔，至末端稍顿向右上出锋成钩。

略有弧形

伸展

元

先

風

鳳

逆锋入笔稍顿,再向右上方极速行笔,提笔出锋。注意出锋勿长,由粗转细。

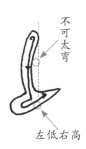

藏锋起笔稍顿,向下行笔,至折处向左下顿笔,再向右上疾速提笔,出锋勿尖。注意竖画宜正,折笔处用笔方圆皆可。

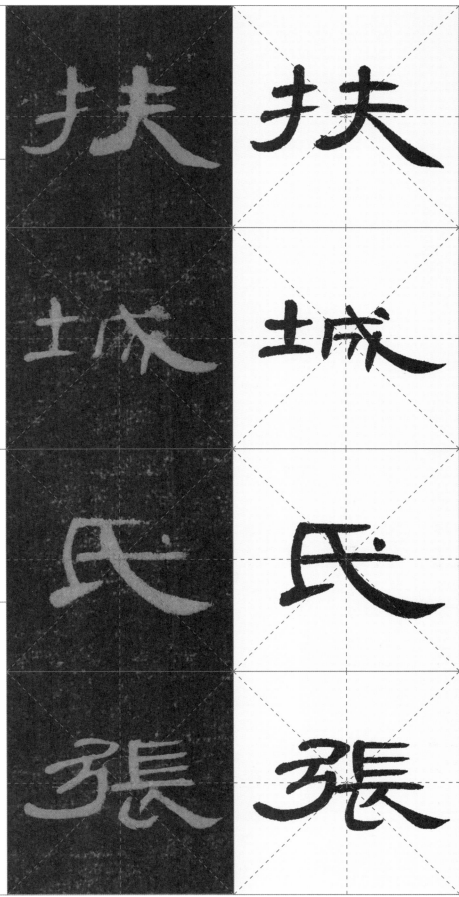

撇折

露锋起笔稍顿，向左下写撇，用笔轻细，至折处稍顿，再向右上斜行笔，最后驻笔收锋。注意折处圆转自然。

露锋起笔

此处行笔要慢

緯

紀

曰

泉

横折

藏锋入笔稍顿，向右中锋写横，笔力略轻，至折处提、按，再转往下行笔写竖，行至末端驻笔即可。

由粗到细　折处略停顿

由重到轻

緯

紀

曰

泉

竖折

逆锋起笔稍顿，向下行笔写竖，至折处轻提，转中锋向右写横。注意竖画略向内斜，折笔微向左突，或劲直、或粗壮，稍向上拱。

竖短横长

略有弧形

撇点

"撇点"又称"撇折"，由篆书笔法而来。藏锋起笔，向左下斜行笔，至弯处顺势转向右下中锋行笔，至末端驻笔收锋即可。

逆锋起笔

圆

轻

【左右点】

同一个字中左右两点相对，起笔同向中间靠拢，称"左右点"。左右两点书写笔法相似，位置对称呼应，只是方向相反。

基本齐平

大小有别

【相对点】

两点书写笔法形态大致相似，藏锋起笔，笔末驻笔即可。只是形态略斜，两点向中间微斜，上宽下窄。

上开

下合

秦

景

並

親

【八字点】 形如"八"字的两点，称"八字点"。左侧撇点藏锋起笔，形劲直；右点起笔藏锋露锋均可，方向与左点相对。

呈"八字形"

【竖三点】 "竖三点"上下呈竖行排列。作为"三点水"时的三点上下错落，均藏锋起笔，向右侧聚拢。而作"三撇点"时形态要求又有变化。

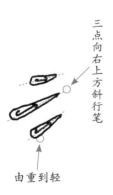

三点向右上方斜行笔

由重到轻

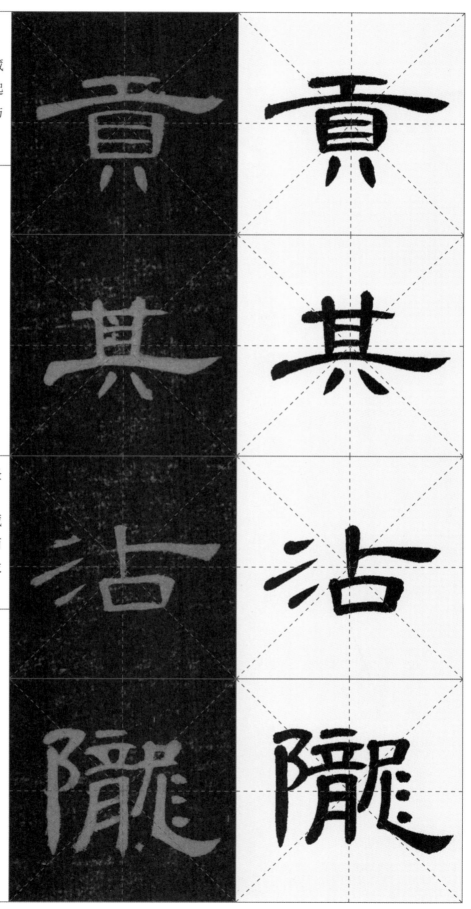

【横三点】

同一个字中"三点"呈横向排列，平衡和谐，形态间距跟随字的体势各有变化。

三个点形态各异

间距基本相等

【横四点】

同一个字中"四点"呈横向排列，间距分布均匀，大小形态各异。其中外侧两点收笔各向外斜挑出，而中间两点形态小巧劲直。

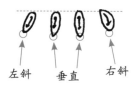
左斜　垂直　右斜

龍 雄 仁 二

善 和 口 雲

德 樂 示 富

無 風 義

春翔素鳳
遠雲和祥
香曉清秋

泉涯清月

风无涛松

景韵云光

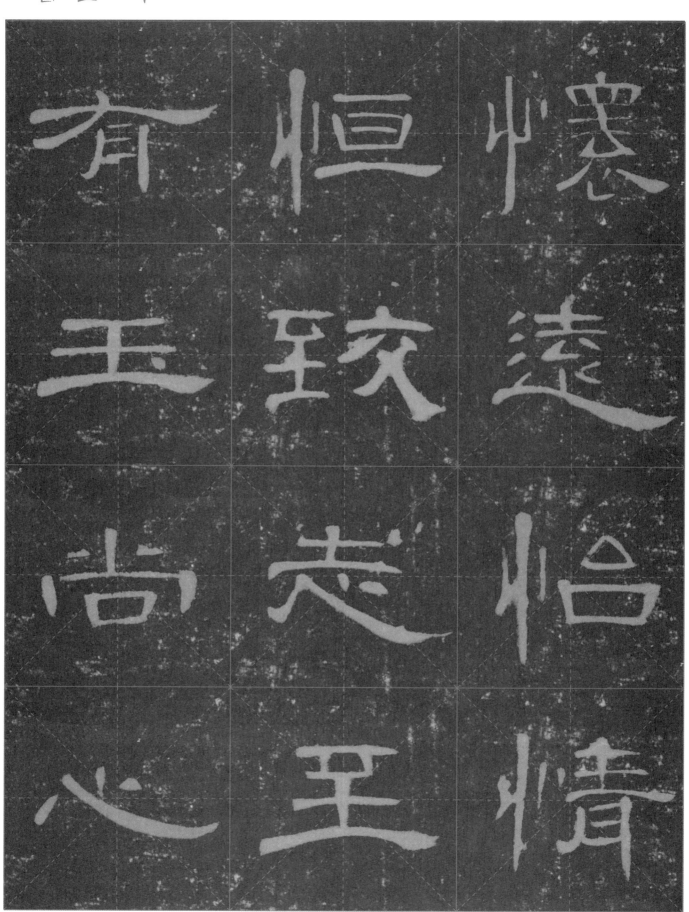

懷遠怡情

恒致志至

有王尚心

萬家春

千秋雪

知不是

忘於道

恒明心身

有則常潤

貴誠平德

景海高水

和四風流

春明承山

清月敬学
本明怀好子
正源入而

思通龍祥
賢政和呈
見齊人鳳

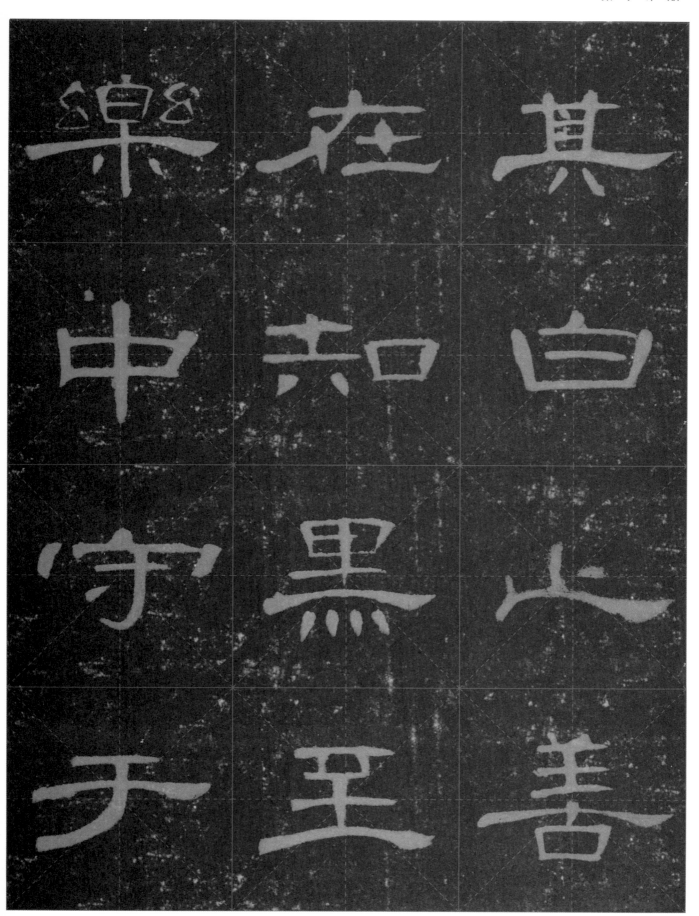

其白山善

在知黑至

樂中守于

明德

至诚如神

和为贵

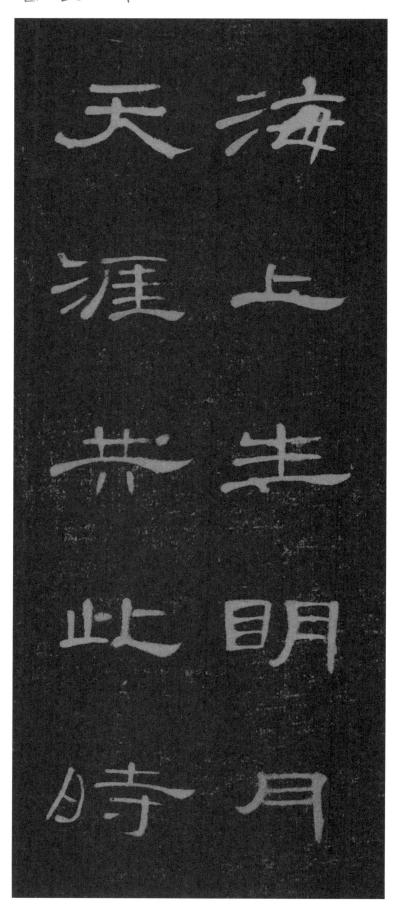

海上生明月
天涯共此时